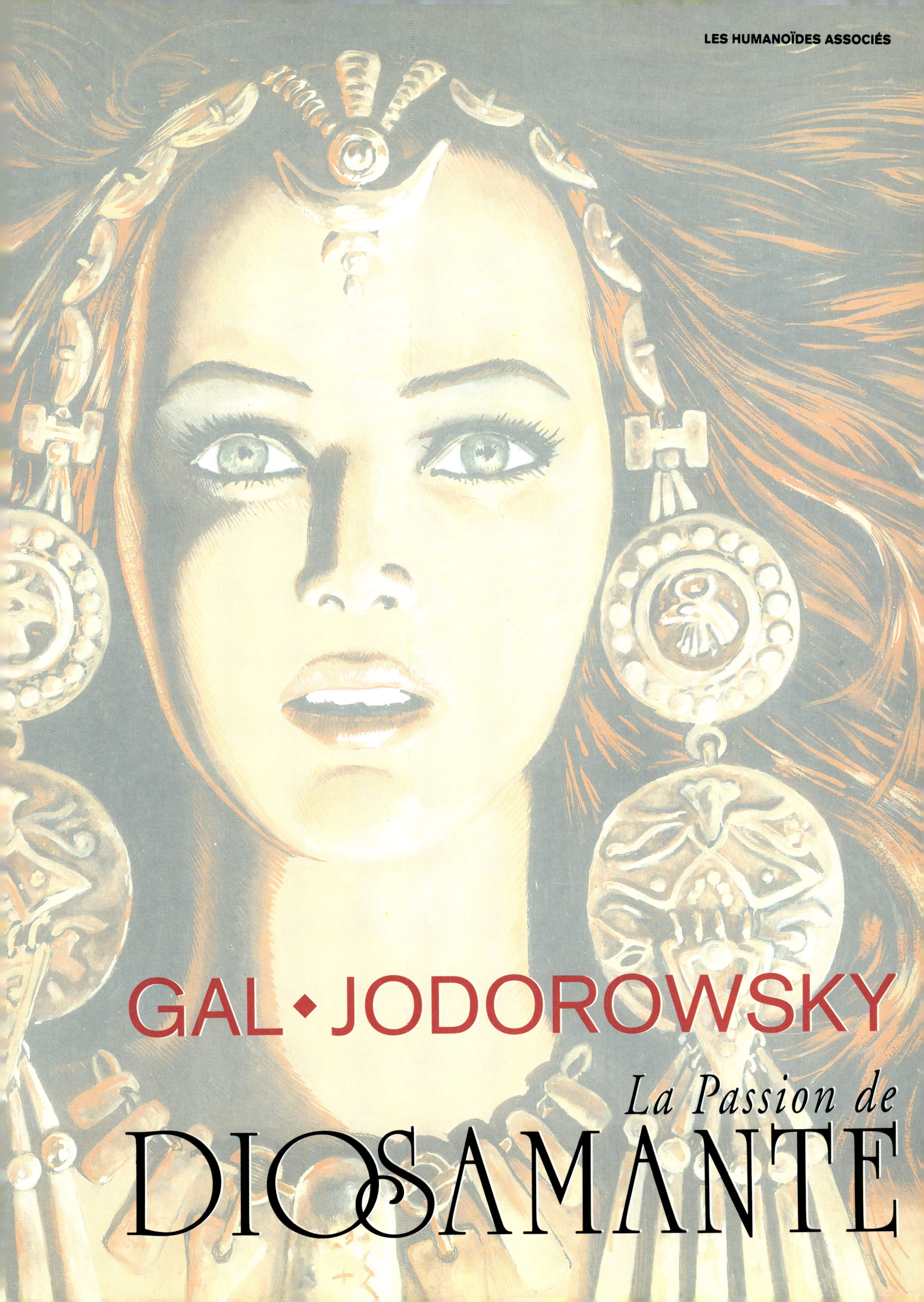

LES HUMANOÏDES ASSOCIÉS

GAL • JODOROWSKY

La Passion de DIOSAMANTE

Conception graphique : Didier Gonord
Adaptation française : Frank Reichert

LA PASSION DE DIOSAMANTE

Première édition : septembre 1992 - HUMANOIDES ASSOCIÉS

Dépot légal : octobre 1993

Achevé d'imprimer en octobre 1993
sur les presses de l'imprimerie Vincenzo Bona, à Turin
Printed in Italy

ISBN : 2.7316.0739.4
41.0416.2

Chapitre I
L'Ascension de L'Ame

"Tu ne me chercherais pas si tu ne m'avais pas déjà trouvé."
Pascal.

Le Sage avait raison, qui disait :
"Le Destin conduit celui qui accepte ; celui qui refuse, il le traîne"...
Diosamante, Reine d'Arhas, lui opposa un tel déni que le Destin lui fit tout perdre en l'espace d'un instant. Dans le même temps, par le fait même qu'une telle perte équivalait à une renonciation infinie, il lui faisait regagner l'essentiel : son impénétrable Vérité.

Diosamante était d'une beauté si intense qu'en Arhas, toutes les autres femmes ne furent bientôt plus qu'insignifiantes ombres domestiques et que les hommes, partageant un seul et même rêve, ne vivaient plus que pour devenir un jour son amant.
Jeunes ou vieux, riches ou pauvres, nobles ou serfs, abandonnant toute autre activité, s'employaient à acquérir force et adresse dans le maniement des armes, avec l'espoir de triompher lors de la Joute et d'être le Champion qui, pendant la première nuit du Nouvel An, mériterait de partager la Couche Royale pour accepter ensuite qu'au cours du dernier mois, à l'occasion du Solstice d'Hiver, elle lui arrachât le coeur, en guise d'atroce démonstration d'amour, afin d'en dévorer un morceau et de précipiter le reste de la dépouille encore palpitante entre les crocs de ses hyènes noires.

Voilà pourquoi de farouches guerriers, après avoir abandonné des épouses aux yeux secs, avancent à présent en trébuchant sur les rats téméraires des ruelles désertées, ivres de haine et de désir, vers le Palais Ardent où les attend l'unique femelle du Royaume, nue et luisante telle la Lune en son plein... Voilà pourquoi des fossoyeurs souriants creusent d'innombrables sépultures : aujourd'hui est la première nuit du Nouvel An.

Le combat sera bientôt fini, ma Reine...
Laissez-moi seule !

Je respecte ta force... Tu as tué la moitié des candidats!
Et toi, l'autre moitié... Nous sommes les derniers !
J'aurai ta tête ! la Reine sera à moi !
Jamais ! C'est moi qui te tuerai !
Je serai son amant cette année...
Je la mérite...
...Parce que je l'aime, malgré sa cruauté !
3.

Viens !..
Diosamante !..
Ma...
Idiot !.. Je voulais un amant, pas un cadavre !

Cette chaleur étouffante... Ce palais... Je les hais!
J'ai besoin d'espace! Il faut que je respire!
5.

Encore les Barbares!
Ils incendient et pillent nos greniers! Il n'y a personne pour les arrêter!
6.

Pourquoi suis-je sortie? Ici c'est encore pire!.. Et mon corps brûle autant que ces flammes!
7.

Tu sembles perdue... Tu as besoin de nous, ma jolie?
Prenez-moi.
Quel feu! Tu nous as épuisés... Combien te doit-on?
8.

9.

Tu es jeune et belle, et tu pleures... Est-ce que je peux t'aider?
Pourquoi ce Royaume va-t-il si mal ?
Parce qu'en vérité personne n'aime la Reine...
Y a-t-il mieux qu'elle ?
Oui. Urbal, Roi de Sarabba, est plus fort et plus sage qu'elle.
Misérable crapaud ! Personne n'est meilleur que moi !
J'irai moi-même tuer ce Roi !
10.

Diosamante traversa les déserts,
les fleuves,
les montagnes,
et arriva au Royaume de Sarabba...

...où chaque palais, chaque temple, chaque maison était une pure merveille.
Une foule ordonnée attendait d'être reçue par le Roi Urbal.
Halte ! Attendez votre tour !
Bande d'idiots impuissants ! Diosamante d'A-rhas n'attend pas !

Que personne n'essaie de m'arrêter! J'ai le droit d'entrer!

A peine eut-elle fait quelques pas...
...qu'un changement profond s'opéra chez Diosamante...
Pour la première fois, elle connut l'Amour et la honte d'elle-même.
Je te connais, Diosamante d'Arhas... Tu es venue ici pour me tuer!
Viens!..
14.

Au moment où Diosamante voulut toucher Urbal...
...il lui sembla que le ciel s'assombrissait.
N'aie pas peur... Approche-toi!
Que se passe-t-il?..J'ai froid!..
Laisse-moi me réfugier dans la chaleur de ton corps!
Urbal!.. Je ne te vois plus!
Tu ne "sais pas" me voir...
15.

Tu m'as cherché, guidée seulement par l'orgueil et la haine...
Maintenant que tu m'as trouvé, regarde-moi... Ne m'invente pas!
Car je suis en toi, et tu es en moi!
16.

Réveille-toi...
Je ne regarderai plus le monde tant que je ne serai pas devenue digne de toi...
...Et alors je viendrai te trouver.
C'est ainsi que la Reine Diosamante abandonna tout pour devenir une nonne mendiante.

Hé là, petite aveugle, où vas-tu comme ça?
Montre-nous les jolis yeux qu'il y a sous ce bandeau...
Diosamante savait que pour rejoindre Urbal elle devait d'abord se chercher et se trouver elle-même... Et son long voyage vers la solitude commença.

Chapitre II

Les Contraires unis par L'Amour…

"Un cœur auquel peuvent suffire lieu et temps ne connait vraiment rien de son immensité!"

Silésius.

Le Sage avait raison, qui disait :
"Ce n'est pas en regardant la lumière qu'on devient lumineux, mais en plongeant dans son obscurité, ce qui est bien plus difficile"… Diosamante, reine d'Arhas, s'immergea si profondément dans sa cécité délibérée que ses autres sens s'ouvrirent comme des fleurs affamées à la connaissance.

Elle apprit à utiliser son corps et à le délivrer du sortilège des miroirs pour capter les mille et une facettes de la Nature. Elle découvrit les langues vernaculaires que parlent la froidure, la chaleur et le vent, les métaux, les pierres et l'élément ligneux. Les parfums se révélèrent à elle , les saveurs délirantes se dévoilèrent , ainsi que la douloureuse vibration qu'émet chaque esprit humain… Elle s'en oublia elle-même, pour se mettre au service d'autrui… Hélas, ce ne fut pas chose facile : chaque fois qu'elle essaya de donner, on tenta d'arracher son âme, ou de lui ravir qui son corps, qui un lambeau de ses guenilles. Une vieille, à qui elle avait épargné d'être violée par une horde de chiens en rut, lui déroba ses poux, s'imaginant qu'ils étaient la source magique de sa force… Diosamante cessa bientôt de faire le compte des innombrables fois où des guerriers bestiaux, des brigands aux yeux torves ou des paysans brutaux avaient tenté de la forcer. Dans ce monde de rapines, elle n'avança bientôt plus qu'en laissant dans son sillage une trace ensanglantée.

Reine, nonne, mendiante, jamais elle n'abandonna. Sans oublier jamais son bien-aimé Urbal, elle poursuivit sa quête de la perfection de Soi, convaincue que toute la bestialité qu'elle rencontrait sur sa route n'était que l'écho du fauve indompté qu'était son esprit. Elle tenta alors de trouver la paix hors de la communauté des hommes, et l'on prétend qu'elle se retira en l'antique ville d'Umbria, cité de guerriers et de marchands fortunés qui, dévastée par d'incessants séismes, n'était à présent plus que ruines…

20.

Les racines jaillissent du sol comme des lances vivantes!
Attention au tremblement de terre!
JODOROWSKI
GÁL - 89
21.

Tu me plais. Tu n'as pas peur des secousses ni des racines folles... Tu n'es pas comme les autres.
Il y a des jours que je t'observe. Tu médites et tu ne manges pas. Tu as faim?
Qui sont-ils?
22.

Mes frères. Nous sommes les orphelins du cataclysme...
Les Survivants nous chassent avec leurs flèches et nous tuent quand ils le peuvent, ils ne sont pas comme toi.
Qui sont les Survivants?
Viens!
Il y a des années Umbria était la ville la plus florissante de l'Acamarque, on y produisait de l'or en abondance...
23

Elle appartenait à deux familles seulement...
Le côté Nord était la Terre du Feu...
...Le côté Sud la Terre de l'Eau.
Ces familles sont devenues ennemies pour des raisons mystérieuses. Elles ont divisé leur Divinité unique en deux idoles géantes...
...deux Diables qui se menacent. Puis elles ont commencé une guerre pour la possession complète de la ville.
24.

Nous n'appartenons à aucune famille, et comme nous sommes nés dans les tremblements de terre, nous avons appris à sauter sur les pierres...
Chaque séisme est une fête pour nous, mais les Survivants continuent la guerre, cachés comme des rats et tremblants de peur, ils s'arrachent les yeux en tombant dans les failles qui s'ouvrent dans le sol !
Où sont les Survivants ?
Là-bas, ils se battent dans le cimetière !
Je me suis mise au service des autres, il faut que je les aide !
N'y va pas ! En ce moment ils livrent leur dernière bataille, ils s'entre-déchirent et se haïssent, et ne se rappellent pas pourquoi !
Ecoute ! Tu entends ce cri étrange ?
Un oiseau prisonnier des racines !
25.

Merveilleux! On va manger de l'aigle!
Non! C'est un animal noble. Il a soif...
Ne le libère pas! C'est un animal traître! Et notre faim est trop forte!
ARRIÈRE!
Tu as tort. Un jour, ce rapace voudra manger tes yeux!
Ça ne fait rien. Je suis aveugle.
26.

Non. Tu vois tout!
Oui. Et je vois aussi cette bataille insensée. Conduis-moi vers leurs chefs!
ARRÊTEZ!
27.

Tuez cette étrangère !
SI VOUS N'ARRÊTEZ PAS LE COMBAT, JE TUE VOS CHEFS !
Sidérés, les guerriers cessèrent de se battre.
Répondez-moi ! Il n'y a plus d'or, la ville est en ruines, la catastrophe est permanente ! On ne peut arrêter les racines... Pourquoi n'abandonnez-vous pas cette guerre et ne partez-vous pas ?
On... On ne peut pas partir !..
28.

Ici sont nos morts, et pour nous ils sont sacrés. Notre religion nous oblige à les vénérer et à demeurer près d'eux... Si nous les abandonnons, nous serons maudits pour l'Eternité !
Dis-moi, quand est-ce que les tremblements de terre ont commencé et que les racines sont devenues folles ?
C'est un secret !..
Et quand est-ce que votre haine a commencé ?
Nous ne pouvons rien dire...
Je connais non seulement le langage des vivants mais aussi celui des morts... Si vous ne me dites rien, j'interrogerai les sépultures !...
Suivez-moi !
29.

Une partie de la réponse se trouve dans cette tombe : d'ici part le tremblement de terre.
Le tombeau de ma fille !
Alta !.. Pourquoi fais-tu cela ?
Maintenant, allons chercher l'autre clef du mystère !
Là !..

C'est ce tombeau qui est à l'origine de la folie des racines !
KALAOR !
Kalaor, mon fils, pourquoi nous fais-tu cela ?
Avouez la vérité à vos peuples martyrs !
LA VÉRITÉ !
LA VÉRITÉ !
31.

Nous luttions pour l'or...
Un jour nous avons décidé de faire combattre deux champions. L'or devait revenir à la famille du vainqueur, la famille du perdant devait quitter la ville...
Alta, ma fille, était le guerrier le plus féroce de notre famille...
Kalaor, mon fils, était le guerrier le plus valeureux de la mienne...
Sans autres témoins que nous-mêmes, à l'aube, ils ont commencé leur combat...
C'était de la haine pure, nous-mêmes étions effrayés.
Les heures passèrent, il y eut la nuit...
...puis encore une aube, et ils combattaient toujours...
32.

Depuis longtemps ils avaient eu l'un et l'autre l'opportunité de se tuer, et ils ne l'avaient pas fait...
Et nous, parents horrifiés, nous avons vu comment les coups d'épée devenaient de plus en plus sensuels...
Pendant le combat, les deux guerriers étaient devenus éperdument amoureux. Chacun voulait que l'autre lui transperce le cœur...
D'un commun accord, nous les avons tués d'une flèche et nous les avons enterrés séparément...
Insensés ! Voilà ce que les tombes disent : l'amour ne finit pas avec la mort, leur passion continue...
33.

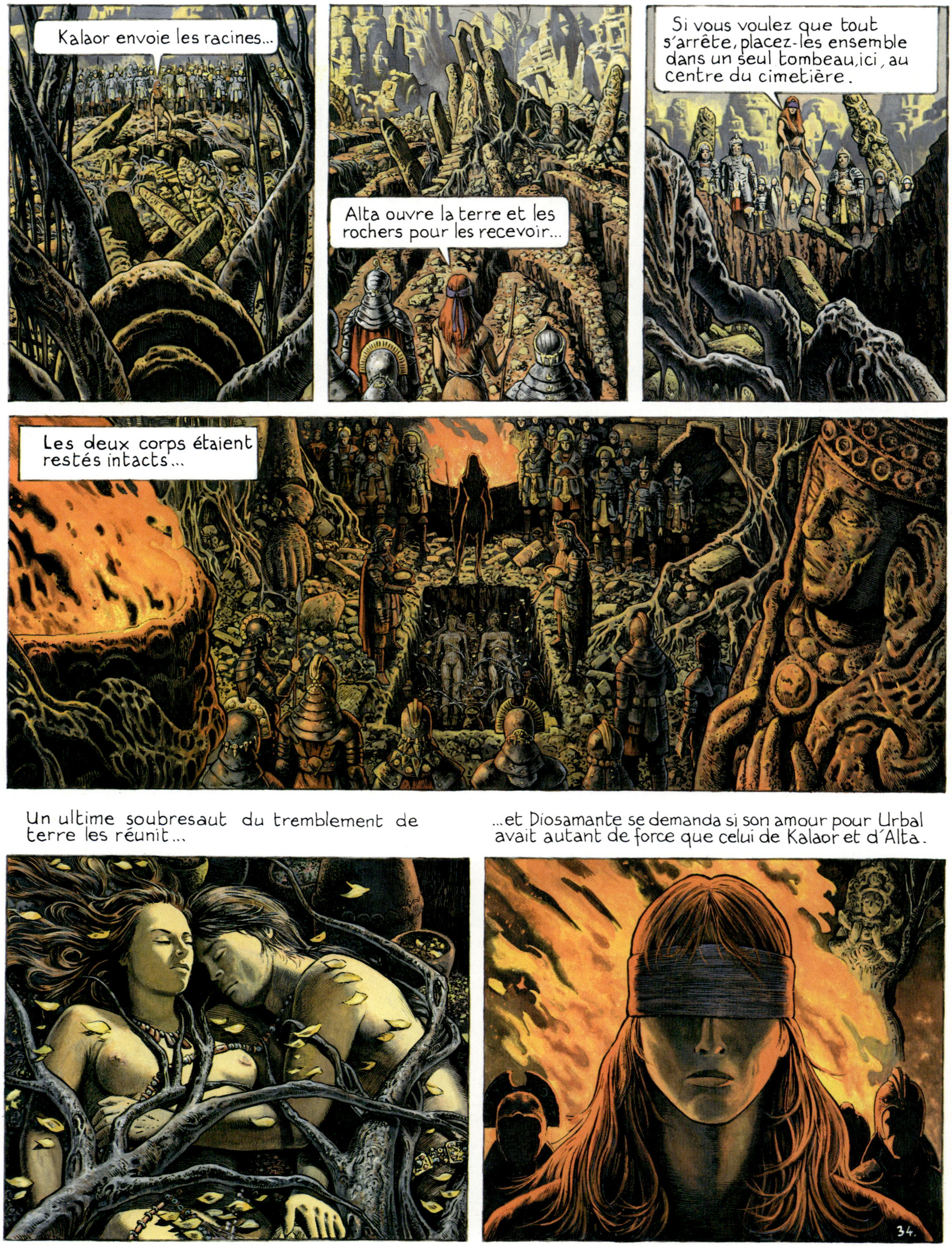
Kalaor envoie les racines...
Alta ouvre la terre et les rochers pour les recevoir...
Si vous voulez que tout s'arrête, placez-les ensemble dans un seul tombeau, ici, au centre du cimetière.
Les deux corps étaient restés intacts...
Un ultime soubresaut du tremblement de terre les réunit...
...et Diosamante se demanda si son amour pour Urbal avait autant de force que celui de Kalaor et d'Alta.
34.

Les orphelins furent recueillis par les deux familles deve-nues une.
Oubliée de tous dans la fête, Diosa-mante s'en alla...
L'orphelin avait raison ! Tu as voulu voler mes yeux !
Même les animaux sont ingrats...
35.

CRAAAAAAK
Merci, Aigle ! Je peux encore avoir confiance... Je t'ai sauvé la vie et tu as sauvé la mienne. La dette est payée !
Et Diosamante continua son chemin avec un regard différent : ses yeux n'étaient plus des yeux parce qu'on les voyait, mais parce qu'ils regardaient ...
JODOROWSKI + GAL
36.

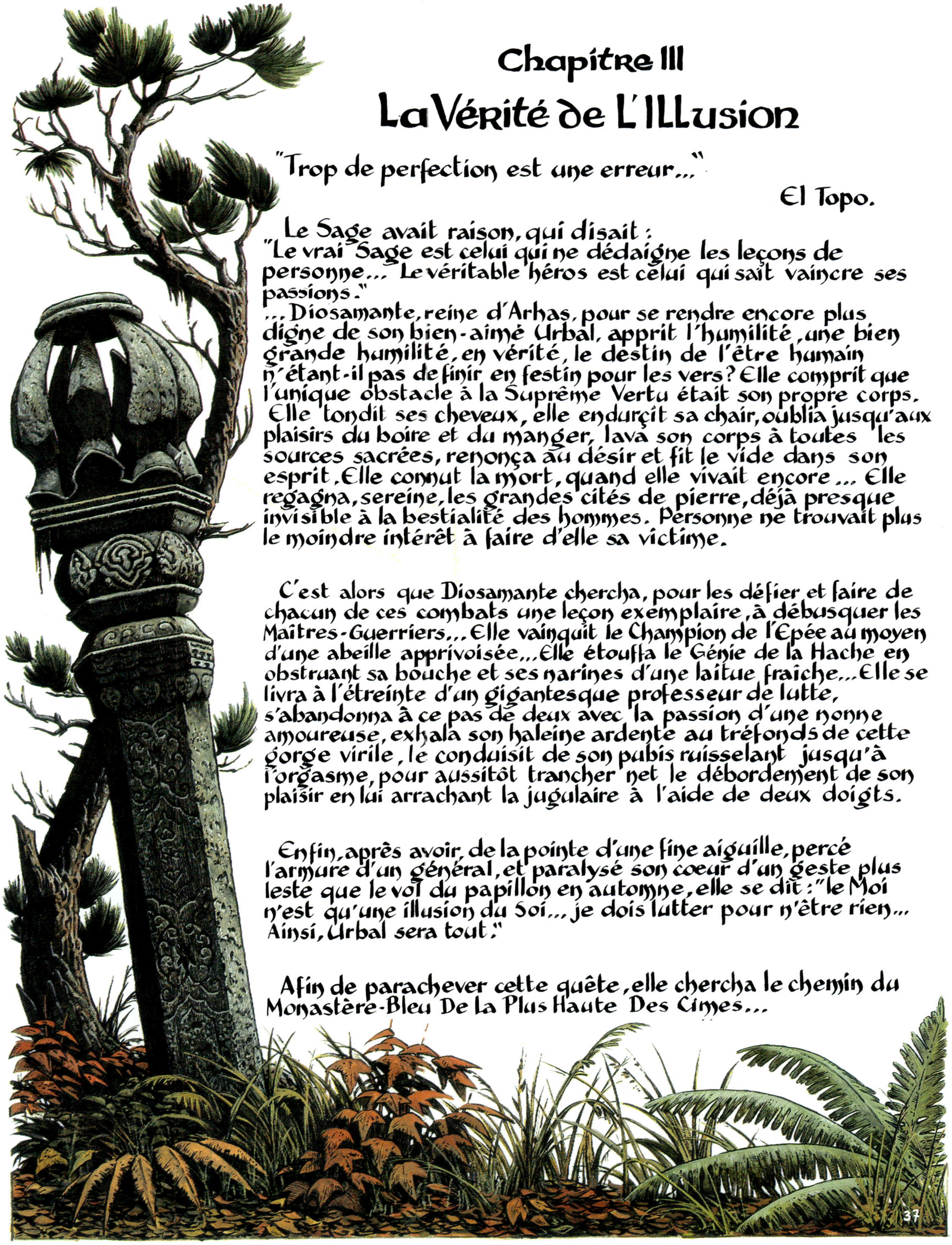

Chapitre III

La Vérité de L'Illusion

"Trop de perfection est une erreur..."

El Topo.

Le Sage avait raison, qui disait :
"Le vrai Sage est celui qui ne dédaigne les leçons de personne... Le véritable héros est celui qui sait vaincre ses passions."
...Diosamante, reine d'Arhas, pour se rendre encore plus digne de son bien-aimé Urbal, apprit l'humilité, une bien grande humilité, en vérité, le destin de l'être humain n'étant-il pas de finir en festin pour les vers? Elle comprit que l'unique obstacle à la Suprême Vertu était son propre corps. Elle tondit ses cheveux, elle endurcit sa chair, oublia jusqu'aux plaisirs du boire et du manger, lava son corps à toutes les sources sacrées, renonça au désir et fit le vide dans son esprit. Elle connut la mort, quand elle vivait encore... Elle regagna, sereine, les grandes cités de pierre, déjà presque invisible à la bestialité des hommes. Personne ne trouvait plus le moindre intérêt à faire d'elle sa victime.

C'est alors que Diosamante chercha, pour les défier et faire de chacun de ces combats une leçon exemplaire, à débusquer les Maîtres-Guerriers... Elle vainquit le Champion de l'Epée au moyen d'une abeille apprivoisée... Elle étouffa le Génie de la Hache en obstruant sa bouche et ses narines d'une laitue fraîche... Elle se livra à l'étreinte d'un gigantesque professeur de lutte, s'abandonna à ce pas de deux avec la passion d'une nonne amoureuse, exhala son haleine ardente au tréfonds de cette gorge virile, le conduisit de son pubis ruisselant jusqu'à l'orgasme, pour aussitôt trancher net le débordement de son plaisir en lui arrachant la jugulaire à l'aide de deux doigts.

Enfin, après avoir, de la pointe d'une fine aiguille, percé l'armure d'un général, et paralysé son coeur d'un geste plus leste que le vol du papillon en automne, elle se dit : "le Moi n'est qu'une illusion du Soi... je dois lutter pour n'être rien... Ainsi, Urbal sera tout."

Afin de parachever cette quête, elle chercha le chemin du Monastère-Bleu De La Plus Haute Des Cimes...

Diosamante ne trouvait pas de chemin pour la conduire au sommet. Chaque nouvel embranchement la ramenait au pied d'une infranchissable paroi rocheuse.
Elle s'entêta pendant des jours et des semaines à errer dans ce labyrinthe ligneux au pied de la montagne...
C'est impossible : un inextricable dédale de sentiers qui ne mènent nulle part...
38.

Ce n'est qu'un fruit !..
Il me fait signe de le suivre... Qu'ai-je encore à y perdre? Allons-y!
39.

La cloche... Trop haute! Impossible de sonner! On ne va jamais m'ouvrir!
DI-LING
DI-LING
40.

Ne t'occupe pas de lui, femme. C'est notre gardien. Il n'examine ton crâne que pour mieux t'épouiller. Tu as des poux?
J'ai triomphé des pensées parasites. A présent je suis en quête de la Suprême Clarté!
Réponse honorable. Qu'est-ce que tu veux?
Ce temple est le plus élevé de tous. Je suis venue conquérir la plus haute des cimes spirituelles. Permettez-moi de méditer auprès de vous, saints moines.
C'est exclu, femme! Ici nous méditons sans répit ni repos, sans boire ni manger, jusqu'à l'épuisement. Tu n'y résisterais pas.
Comment?! Je suis peut-être une femme, mais je sais méditer mieux que nombre d'entre vous! Je vous vaincrai!
41

Tu as l'esprit combatif, femme ! Dis-moi... Si jamais nous t'acceptons et que tu interrompes ta méditation avant que le dernier d'entre nous ne s'effondre, exténué... Que feras-tu ?
Si un seul d'entre vous, moines, faisait preuve d'une résistance supérieure à la mienne, alors je suis prête à lui donner ma vie : je serai son esclave !
Et... si tu gagnes ?
Je ne vous demanderai rien, mais je serai enfin digne de celui que j'aime.
AH! AH! AH!
Viens avec nous dans le temple !
42.

Ces moines laissent la poussière, les mouches, les lézards et les orties envahir les statues de leurs maîtres vénérables !
43

Quelle négligence ! Jamais ils ne sauront trouver en eux la force de concentration qu'exige méditation si intense. Ils ne m'arrivent pas à la cheville... Je triompherai facilement !

Deux semaines ont passé...
Trois semaines...
45.

La faim faisait à Diosamante l'effet d'un coup de corne de buffle en plein ventre, et sa soif était semblable à une main de sable broyant lentement sa gorge...
Enfin s'effondra le dernier des moines. Diosamante restait seule...
La dernière! Je suis la dernière! Victoire!
OH!
Enfin!.. Je suis digne d'Urbal!..
46.

Quelle vanité, femme! Crier victoire au bout de trois courtes semaines de méditation !
Alors que nous méditons, nous autres, depuis bien des années déjà !
Ces moines que tu as vus s'effondrer n'étaient que nos disciples !
humilie-toi, femme!
Pardon, vénérables Maîtres... Je perds... J'ai perdu !
Perdre, c'est encore gagner. Tu avais besoin d'une leçon !
Tu ne t'es aventurée sur le Sentier de la Perfection que pour être admirée d'autrui - d'Urbal... Jamais pour ton salut personnel !
A trop rechercher la Lumière tu as méprisé l'Ombre...
Tu prétends tendre vers ce qui est en haut, mais tu ne le mérites en rien, car tu ne fais que fuir ce qui est en bas : ta nature animale !

Même ta technique de combat n'est que vanité... Trop pure, trop parfaite!
Je ne comprends pas, Maître... J'ai vaincu les plus grands guerriers!
Tu vas combattre notre gardien, femme. Perds, et tu seras à jamais son épouse soumise... Gagne, et tu seras libre.
Je triompherai. Ce n'est pas un adversaire digne de moi!
Regardez-le! Ce lâche ne veut pas se battre!

ARRÊTE ÇA!
Sale bête immonde!
OH!

Tu as perdu, femme.
Dorénavant tu es la propri-été de notre gardien...
Il sera ton guide en bestialité. Il te cornaquera, te conduira au travail, à la reproduction...
Désormais tu connaitras des amours et des chagrins de chienne.
Et c'est ainsi que Diosamante, Reine d'Arhas, devint l'épouse d'un Homme-Singe.
Chaque nuit, jus-qu'à ce qu'elle soit fertilisée, elle devait se soumettre à de grossières étreintes.
Elle dût, dans la solitude, mettre elle-même au monde ses enfants...
Elle dût les nourrir au sein, laver leurs corps de brutes, et leur ensei-gner les rudiments d'un langage qu'ils refusèrent toujours d'adopter...
50

Pour elle il n'y avait plus d'avenir. Rarement elle pouvait trouver refuge dans la méditation, et c'était là son seul répit, l'ultime souffle d'oxygène qui la maintenait en vie...
Un jour, une horde de Barbares réussit à blesser et capturer l'Homme-Singe, puis à pénétrer dans le Monastère.
Elle l'incendia, pilla les trésors sacrés, massacra les moines...
Diosamante fut violée par une nuée de brutes, ses trois fils éventrés...
Titubante, ivre de douleur et d'horreur, elle ensevelit ses enfants...
Mais les flammes respectèrent les Vénérables Maîtres et n'approchèrent pas des vieillards qui poursuivaient leur immuable et béate méditation...
Voyant cela, les Barbares superstitieux lâchèrent leur butin et s'enfuirent vers la vallée, terrorisés par ce miracle.
L'Homme-singe agonisait. Diosamante lécha les plaies du corps frissonnant de fièvre pour les nettoyer...
Le blessé la regarda de ses yeux d'animal innocent...
...et mourut.
Pendant une nuit entière, Diosamante hurla à la Lune comme un animal blessé...
51.

Le temps passa. Urbal était toujours présent dans le cœur de Diosamante, mais comme quelque chose d'inaccessible... La douleur immense que lui causait la perte de son ami sauvage avait relégué son souvenir au plus profond d'elle-même...

Combien de temps s'est-il passé ? Une seconde, un siècle, des millénaires ?
Diosamante ouvre les yeux, et par ses yeux c'est l'Univers qui regarde...
URBAL !
53.

Diosamante...
54.

Tu croyais me chercher, et c'est moi qui te poursuivais...
Sous l'aspect d'un mendiant aveugle, c'était moi qui te parlais de moi... Moi aussi, cette vieille qui te volait tes poux... Moi, cet aigle qui t'a ôté ton bandeau... Encore moi, tant d'autres que tu as pu croiser, à toi de les découvrir...
...et cet Homme-singe, enfin, qui t'enseigna à aimer comme un animal, c'était toujours moi. Et ceux-là sont tes fils et les miens, les fruits de ta sainteté...
Urbal!.. Mes enfants!..
Je t'ai guidée vers moi, mais tu t'es égarée bien trop loin...
Ton cœur a traversé l'Espace et le Temps, tu peux être à chaque instant dans l'Eternel...
A présent, c'est toi notre guide... Je te couronne Reine entre toutes les Reines, maintenant et à jamais.
scénario: Jodorowsky
dessins: Jean-Claude Gal
55.

fin